Georg Kaufmann

Die Werke des Cajus Sollius Apollinaris Sidonius

Antigonos

Georg Kaufmann

Die Werke des Cajus Sollius Apollinaris Sidonius

Unveränderter Nachdruck der Originalausgabe von 1864.

1. Auflage 2024 | ISBN: 978-3-38636-820-9

Antigonos Verlag ist ein Imprint der Outlook Verlagsgesellschaft mbH.

Verlag: Outlook Verlag GmbH, Zeilweg 44, 60439 Frankfurt, Deutschland, info@outlook-verlag.de
Vertretungsberechtigt: E. Roepke, Zeilweg 44, 60439 Frankfurt, Deutschland
Druck: Libri Plureos GmbH, Friedensallee 273, 22763 Hamburg, Deutschland

DIE WERKE

DES

CAJUS SOLLIUS APOLLINARIS SIDONIUS

ALS EINE QUELLE

FÜR DIE

GESCHICHTE SEINER ZEIT.

INAUGURAL-DISSERTATION

ZUR

ERLANGUNG DER PHILOSOPHISCHEN DOCTORWÜRDE

IN GÖTTINGEN

VON

GEORG KAUFMANN

AUS MÜNDEN.

GÖTTINGEN,

Universitäts-Buchdruckerei von E. A. Huth.

1864.

Von den Werken des Sidonius sind uns 9 Bücher Briefe
und 24 Gedichte erhalten [1]), welche letztere in die Panegyricen und in ein Buch grösserer und kleinerer Gedichte zerfallen. Die Abfassungszeit der Panegyricen ist genau bestimmt, das Buch Gedichte ist zwischen 462—72 [2]) edirt.

Schwieriger ist es, die Zeitfolge festzustellen, in der die
Briefe edirt sind. Bei seiner Weihe gelobte Sidonius, der

---

1) Die be ste Ausgabe ist die des J Sirmondi. 1652. 4. Für das
Leben des Sidonius vgl. die vita vor den Ausgaben des Sirmondi und
der des Savaro, welche letztere auch sonst neben Sirmondi mit Vortheil
benutzt wird und Dr. Michael Fertig »Cajus Sollius Apollinaris Sidonius u. seine Zeit nach seinen Werken dargestellt«, in 3 Abhandl.,
welche 1845 u. 46 in Würzburg u. 1848 zu Passau in 4. erschienen
und leider in der Gesammtauffassung des Sidonius zu viel Gewicht
auf die rhetorischen Phrasen desselben legen und die natürlich be-
fangene Beurtheilung der Bollandisten, sonst viel Dankenswerthes
liefern. Ueber eine Anzahl Predigten des Sidon., welche Gregor v.
Tours sammelte und mit einer Vorrede herausgab (hist. Franc. II,
22.) sehe man Act. SS. 23. Aug. p. 623. §. XI. Ueber eine Satire s.
ep. V, 17.

Sidon. muss auch erotische Lieder gedichtet haben, die verloren
sind; vgl. Fertig §. XXXIV, p. 19.

2) Dass das Buch vermischter Gedichte (carm. IX—XXIV) erst
nach 462 edirt ist, geht aus carm. XXIII, 70 hervor, wo nach Nar-
bonne in den Händen der Gothen ist, welche Stadt 462 gewonnen
ward. Auch carm. XIII weist auf diese Zeit hin.

472 gelobte aber Sidonius nicht mehr zu dichten (vgl. ep. IV, 3,
ep. VIII, 4, IX, 12 und d. Schlussgedicht des Lib. IX.

 Quod (Dichten) perhorrescens ad epistolarum

  Transtuli cultum genus omne curae.

und weist auch ep. I, 1 darauf hin, dass er die Gedichte schon ver-
öffentlicht hatte, so dass der terminus ad quem jedenfalls 472 ist.

Dichtkunst zu entsagen und wandte seine Thätigkeit dem Briefstiel zu. Er übersandte das erste Buch dem gelehrten Presbyter Constantius und bat ihn, es scharf durch zu corregiren und dann der Oeffentlichkeit zu übergeben. Falle die Kritik günstig aus, so werde er weitere Erzeugnisse seiner Muse nachfolgen lassen. Nun, sie fiel günstig aus und erst die Eroberung Clermonts unterbrach seine fortgesetzte Thätigkeit 475. Er schreibe jetzt, heisst es ep. IV, 10, seine Briefe in der Vulgärsprache und ohne viel zu feilen, da sie ja doch nicht herausgegeben würden [1].

Mit seiner Restauration nahm jedoch Sidonius dies Unternehmen wieder auf und ep. V, 1 freut er sich, dass der Kenner Petronius seinen Briefen Beifall spendet und sendet ihm, wie es scheint, ein neues Buch zu [2]). Das 6te Buch veröffentlichte er 477 [3]). Das 7te Buch sandte er, vielleicht 478, dem Constantius zu, dem er folgendermassen darüber schreibt. „An dich richteten sich meine ersten Worte, dir

---

[1]) ep. IV, 10 post terminatum libellum u. ep. IV, 22 jam terminatis libris. ep. 10 betrachtet er die bisher edirten Briefe als ein Ganzes, ep. 22 hat er die einzelnen Bücher im Auge, denn beide Briefe sind zur selben Zeit, kurz nach seiner Befreiung aus der Gefangenschaft geschrieben. Ob schon 2 oder 3 Bücher herausgegeben waren lässt sich natürlich nicht entscheiden, doch ist die letztere Annahme die nähere.

[2]) ep. V, 1 aliquid naeniarum d. i. litterarische Kleinigkeit, vielleicht ist das 4te oder 5te Buch gemeint.

[3]) vgl. ep. IX, 11. Sid. hat dem Lupus, Bisch. v. Troyes, ein Buch Briefe gesandt, damit dieser es dem Corrector zustelle (s. u. p. 7). Drei Briefe dieses Buchs seien an Lupus gerichtet und werde sein Name auch in den Briefen der andern öfter erwähnt, während der Corrector nur durch einen Brief geehrt sei, in welchem noch dazu nicht einmal die Rede davon sei, dass er die Censur und Herausgabe besorge. Alle diese Kennzeichen weisen auf das 6te Buch, auch können es nicht die ersten 7 Bücher zusammen sein, weil an den Constantius, dem die 7 Bücher als ein Ganzes gewidmet sind, mehrere Briefe gerichtet sind.

Dieser Brief ist gleich nach der Edition des VI. Buchs geschrieben und zwar als Lupus 50 Jahre Bischof war d. i. 477.

„sind meine letzten geweiht. Denn dir sende ich das Buch
„zu, nachdem ich schnell die einzelnen Exemplare durchge-
„sehen habe. Wenige aber fielen mir in die Hände, da ich
„früher nicht an die Herausgabe dachte und sehr viele un-
„beachtet abhanden gekommen sind. Schnell habe ich diese
„wenigen besorgt und obgleich der Sinn nicht ablassen will
„vom Schreiben, nachdem man einmal begonnen hat, so
„habe ich mich doch stets so gezügelt, dass ich nicht den
„Text der Briefe ins Breite zog, weil ihre Anzahl gering war.
„Auch glaubte ich, da du als der feinste Kenner sie zu lesen
„wünschtest, so würde dies Buch am passendsten so ein-
„gerichtet sein und am glücklichsten so die Censur passi-
„ren, wenn du nicht durch den Blätterwust belästigt wür-
dest [1])." Sidonius hatte hiermit sein Werk schliessen wollen,
folgte aber nach einiger Zeit der Aufforderung des Petronius und sammelte Briefe der verschiedensten Zeiten zu
einem 8ten Buche, das er gleichfalls dem Constantius widmete und welches eine Art Epilog des ganzen Werkes bilden sollte [2]). Immer jedoch gab es noch einige gute Freun-

---

[1]) vgl. ep. VII, 18. Man könnte nach den hier gebrauchten
Ausdrücken zweifelhaft sein, ob Sidon. hier dem Constantius alle 7
Bücher zuschickt oder nur das letzte — allein wir wissen von meh-
reren Büchern, dass sie einzeln edirt waren, das VI. sogar von einem
andern Editor, und es könnte dann nur von einer 2ten Gesammtausgabe die Rede sein. In diesem Falle könnte Sidon. aber die Briefe
nicht pauca nennen; und so ist es klar, dass er hier dem Constantius
das VII. Buch sendet, zugleich aber, da er hiermit sein Werk zu
schliessen gedachte, einen Rückblick auf die übrigen wirft und sie als
ein Ganzes betrachtet. ep. IX, 1 behandelt er ganz so die ersten 8
Bücher, und VIII, 1 die ersten 7. vgl. n. 2. Nach dem Wortlaut
hätte Sidon. nach Vollendung des lib. VI. nicht an ein VII. Buch
gedacht.

[2]) ep. VIII, 1 ne sera propter jam propalati augmenta voluminis
in aliquos incidamus vituperones. Das 8. Buch wird also schwerlich
vor 480 edirt sein und bis zur Edition des IX. Buchs verfloss wieder
längere Zeit; cf. IX, 1 quod opusculo prius edito (den 8 Büchern)
praesentis augmenti sera conjunctio est.

de, die in der Briefsammlung noch nicht erwähnt waren, und als ihn ein gewisser Firminus aufmerksam machte, dass Plinius 9 Bücher Briefe geschrieben habe [1]), so gab er seiner Schreibseligkeit nach und fügte ein 9tes Buch als zweiten resp. dritten Epilog hinzu. Es geschah dies nicht vor 484 [2]). Freilich hatte er Bedenken, ob die Kritiker einen so späten Zusatz, einen abermaligen Epilog billigen würden — aber, dass er dies Verhältniss nicht änderte, ist ein Zeichen, dass Sidon. keine neue Gesammtausgabe veranstaltete, sondern nur ein Buch dem andern folgen liess [3]).

Die einzelnen Bücher sind nicht streng naeh der Zeit der Entstehung der Briefe oder nach den Personen geordnet, an welche sie gerichtet sind. Nur sind die Briefe an die Bischöfe im 6ten und der ersten Hälfte des 7ten Buches zusammengefasst, wie sie auch im 8ten (13—15) und im 9ten (2—11) zusammenstehen. Diese zeichnen sich auch durch eine besonders feierliche Schlussformel aus: memor nostri esse dignare, domine papa, die übrigens auch von andern Schriftstellern angewandt wird. Sonst schliesst Sidon. seine Briefe mit dem einfachen Vale. Ausserdem mag noch bemerkt werden, dass die Briefe des ersten Buches meist von Rom aus geschrieben sind und dass in die beiden ersten Bücher nur

---

[1]) Wie Sirmondi in der Note zu IX, 1 zeigt, zählte man das Buch, welches die Briefe an Trajan enthält, nicht mit.

[2]) cf. IX, 12 in silentio decurri tres olympiadas d. h. 12 Jahre lang habe ich kein Gedicht gemacht. Er entsagte aber der Poesie 472, also ist dieser Brief 484 geschrieben.

[3]) Fertig III, p. 20 glaubt, dass wir über die Edition der Briefe nur Vermuthungen aufstellen könnten — die obige Erörterung hat hoffentlich das Gegentheil erwiesen.

Schon die Bollandisten comment. histor. no. 143 geben hierüber einige sichere Notizen. Nicht ganz richtig ist die Bemerkung ex hac epistola (VIII, 18) intelligimus, posteriores illos libros brevi tempore collectos esse; eosque numero sex fuisse patet ex epistolae principio. So schnell folgten die 6 Bücher doch nicht, als man hiernach glauben sollte, und aus VII, 18 folgt nicht, dass bisher 6 Bücher edirt waren.

solche Briefe Aufnahme gefunden zu haben scheinen, die aus der Zeit vor seiner Bischofsweihe stammen [1]).

Ehe wir zur Untersuchung der einzelnen Schriften übergehen, müssen wir noch einiges über die Art der Veröffentlichung sagen.

Sidonius sandte die neue Schrift einem litterarischen Freunde zu, den er regelmässig um genaue Durchsicht und strenge Correctur bittet [2]). Gewöhnlich widmete er sie dem Corrector, jedoch nicht immer, wie er denn ep. VIII, 16 an den Constantius schreibt „dem Petronius habe ich die Arbeit der Correctur überlassen, Dich aber soll die Herausgabe ehren." Dieser Begünstigte schickte das Werk, von dem er meistens eine Abschrift nahm, den übrigen litterarischen Freunden zu, die der Verfasser bisweilen namentlich verzeichnet hatte [3]). So beklagt sich Lupus von Troyes [4]), dem Sidon. das 6te Buch der Briefe mit der Bitte zugesandt hatte, es dem Corrector zuzustellen, dass Sidon. ihm dies Werk nicht

---

1) ep. II, 1 schrieb Sidon. in der letzten Zeit des Anthemius aber noch als Laie, ep. III, 1 dagegen als Bischof. So sicher ist jene Behauptung jedoch nicht, dass wir nun jeden Brief des 1. u. 2. Buchs mit Bestimmtheit in die Zeit vor der Weihe legen dürften ohne anderweitige Zeugnisse.

2) ep. I, 1. Constantius soll die Briefe nicht nur recensere (hoc enim parum est) sed defaecare et limare. V, 17 sendet er einem Freunde eine Satyre in quendam dies bonos male ferentem und bittet clam recensete et si placet edentes fovete, si displicet delentes ignoscitote, cf. IX, 3: Tunc enim certius te (Faustus Bisch. v. Riés) probasse reliqua gaudebo, si liturasse aliqua cognovero. Hier wünscht Sidon. dass ihm Faustus den Brief selbst corrigirc, es scheint dies auf die Sitte hinzudeuten, die uns aus Ruricii epp. I, 10 u. II, 17 bekannt ist, dass man die Briefe, die man empfangen, auch den übrigen litterarischen Freunden mittheilte, dass man sie als litterarische Producte ansah. Wie weit diese Sitte allgemein war, ist nicht zu entscheiden.

3) ep. IX, 11.

4) So in carm. XXIV, welches alle die aufzählt, zu denen das Buch Gedichte kommen solle. cf. carm. 3, Editio des Paneg. Major.

habe zusenden, sondern nur durch ihn habe befördern lassen wollen. Und wie eine berechnete Höflichkeit alles beherrscht, so antwortet Sidon., dass jener, den Lupus sich vorgezogen wähne, doch bei weitem schlechter bedacht sei, da er das Buch erst von Lupus empfangen, und nicht einmal wissen könne, ob er das Original oder nur eine Abschrift erhalte [1]). Indem nun die Einzelnen das zugesandte Werk von ihren Buchhändlern oder vielmehr Schreibern copiren liessen und auch Anderen mittheilten, drang es allmählig in weitere Kreise [2]). Von eigentlichen Buchhändlern, die auf eigene Rechnung und Gefahr Abschriften besorgt hätten, hören wir nicht, obwohl das litterarische Leben damals in Gallien sehr rege war, obwohl es Mode war, dass, wer nur irgend konnte, sich in den alten ausgefahrenen Gleisen antiker Schreibweise versuchte oder doch wenigstens mit kritischem Auge die Wettfahrt der zahlreichen Dichterschaar verfolgte. Die litterarische Beschäftigung war eben nur eine Sache der Vornehmen und diese hatten ihre eigenen Schreiber, während sie es zugleich als eine Ehre ansahen, die Abschrift eines Codex selbst zu überwachen und die nöthige kritische Arbeit zu vollziehen [3]).

---

[1]) Ebenso klagt Sidon. IX, 9 dass er ein Werk des Faustus nur zufällig kennen gelernt habe, welcher dieses einem englischen Bischof mitgegeben hatte. Der Träger des Buches hatte 8 Wochen im Hause des Sidon. zugebracht, ohne es zu zeigen, dagegen erfährt Sid. davon bald nach der Abreise seines Gastes, eilt nach, holt ihn ein und lässt das Werk auf offener Landstrasse stenographisch excerpiren. Das Buch war wohl eine dogmatische Streitschrift und ward deshalb so verheimlicht.

[2]) Ueber den bibliopola vgl. ep. I, II, 8, IV, 8, V, 15. An letzterer Stelle berichtet Sidon. über die Abschrift eines Codex des A. T.

[3]) Wären sie aus dem Kreise der näheren Bekanntschaft nicht auch zu andern gedrungen, so hätte Sidon. sich sicher nicht über die malevolentia der Kritiker zu beklagen gehabt. cf. ep. IV, 14. VIII, 1.

Dabei ist allerdings kaum zu begreifen, dass er es wagte, auch Briefe in die Sammlung aufzunehmen, welche wie ep. VII, 6 heftige

Wir haben schon oben gesagt , dass die Briefe des Sidonius echte Briefe sind [1]), hervorgerufen durch die mannigfaltigsten Verhältnisse des Lebens, und deshalb sind sie auch so lehrreich für die Zustände Galliens in einer Zeit, in der hier ein deutscher Stamm auf den Trümmern römischer Herrschaft ein mächtiges Reich gründete und über die uns sonst nur vereinzelte Nachrichten überliefert sind. Hier sehen wir wie ein Römer nach dem andern in das gothische Lager übergeht und wie die Bemühungen des Sidonius und seiner Freunde, die Traditionen und die Cultur des Alterthums fortzupflanzen, kein anderes Resultat hatten, als dass die Spielereien der Rhetorenschule auch von Männern fortgesetzt wurden. Helle Schlaglichter fallen auf den gewaltigen Kampf der beiden Culturen und der beiden Völkerstämme, die um die Herrschaft der Welt rangen. Bald berührt Sidonius die Sitten der Germanen, bald die Lage der Kirche, bald zeigt er uns die Römer im Dienst der Gothen, gezwungen gegen ihre Ge-

---

Ausfälle gegen Eurich enthalten. Sidonius mochte nicht leicht etwas unterdrücken, was ihm von seinen Arbeiten gelungen schien, dann aber waren diese Briefe gemäss der p. 7 n. 2 erwähnten Sitte wahrscheinlich schon Vielen bekannt geworden, noch ehe Eurich über Arvern herrschte, so dass Sid. glaubte sie nun auch in die Sammlung aufnehmen zu können. Ein Ankläger hätte ja auch ohne dies ihn auf Grund der bekannten Briefe belangen können.

[1]) Fertig III, p. 20 meint, die grösste Zahl der Briefe seien fingirte Briefe über fingirte Verhältnisse, seien blosse litterarische Producte, nach Belieben an den Namen dieser oder jener Personen geknüpft.

Dagegen spricht nicht nur die wiederholte Behauptung des Sidonius, dass er hier nur wirkliche, echte Briefe sammle (vgl. namentl. VIII, 16: Non ego hic commentitiam Terpsichoren more studii veteris adscivi, nec juxta scaturiginem fontis Aganippici per roscidas ripas . . . stilum traxi.), sondern auch die einfache Betrachtung der Briefe selbst. Sidon. hätte eine ganz andere poetische Erfindungsgabe besitzen müssen, um diese Fülle von Leben, diese Mannigfaltigkeit der Verhältnisse, die seine Briefe uns so werth machen, erfinden zu können.

nossen zu kämpfen, bald an der Spitze der Flotte, an der Seite des Königs, oder er erwähnt historische Ereignisse, die Bedrängniss des Anthemius, den Widerstand der Gallier gegen Majorian, die Versuche einiger Beamten, die Provinz den Gothen in die Hände zu spielen — kurz über die verschiedensten Verhältnisse erhalten wir hier bald Andeutungen bald ausführliche Nachrichten. Sidonius war ja Präfect von Rom und Bischof von Avern, Gelehrter und Adliger, er lebte am Hofe des Kaisers und der Könige von Toulouse und Burgund und kam so mit den wichtigsten Strömungen seiner Zeit in unmittelbare Berührung [1]).

Diese Briefe sammelte Sidonius, um auch als Prosaiker den Ruhm zu gewinnen, den er als Dichter besass, und er versichert uns, dass er bei dieser Herausgabe nicht den Stoff ins Breite gezogen, sondern nur am Ausdruck gefeilt habe.

Sidonius hatte nicht die Absicht, den Nachkommen ein Bild seiner Zeit zu geben, er wollte nur die Kunst zeigen, mit der er zu schreiben wisse [2]). In den Annalen der Litteratur sollte man einst seinen Namen neben dem des Plinius und Symmachus nennen. Es war ihm nicht sowohl zu thun um das, was er sagte, als wie er es sagte. Demgemäss brauchen wir auch nicht zu fragen, ob Sidon. nicht gerade diese oder jene Auffassung gewisser Verhältnisse verbreiten wollte, ob er nicht die Absicht verfolgte, dies in einem günstigen, jenes in einem ungünstigen Lichte erscheinen zu lassen [3]).

---

[1]) Die Abhandlung von Fertig: C. S. Apollinaris Sidonius und seine Zeit nach seinen Werken dargestellt 1845—48 hat es sich zur Aufgabe gemacht, die verschiedenartigsten Verhältnisse nach den Briefen des Sidonius zu schildern und gibt Zeugniss von dem grossen Reichthum derselben an den wichtigsten Nachrichten. Hier konnte natürlich blos im Allgemeinen darauf hingewiesen werden.

[2]) vgl. ep. I, 1.

[3]) Hiervon sind in gewisser Weise die Briefe auszunehmen, in denen Sidon. die Thaten eines Mannes, den Verlauf eines historischen Ereignisses erzählt, z. B. VII, 12 rettet Ferreolus die Stadt Arles vor Thorismund durch ein Frühstück, III, 3 kämpft Ecdicius mit 18

Dergleichen Rücksichten hatten höchstens bei der ursprüngli-
chen Abfassung der Briefe gewaltet, welche ja einem practischen Zwecke dienen sollten, von dem natürlich die Darstellung beherrscht ward. Da aber dieser Zweck stets offen aus-
gesprochen ist, so wird uns auch die Färbung, welche die
Darstellung durch denselben gewonnen hat, nicht hindern,
ein richtiges Bild der Verhältnisse zu gewinnen oder uns wenigstens nicht verführen, die Darstellung des Schmeichlers für
treu und sachgemäss zu halten. Schädlicher wirkt dagegen
der geringe Werth, den Sidonius auf den Stoff legt. Weil
es ihm nur um die Form zu thun ist, so geht er auch etwas
frei mit den Thatsachen um, die den Vorwurf seiner Darstellung ausmachen, hebt dieses hervor, lässt jenes unerwähnt
oder doch zurücktreten, obwohl es vielleicht bedeutsamer ist,
als das erstere. Er behandelt seinen Stoff fast wie eine
gleichgiltige Masse, die er in seine Phrasen giesst, mögen
diese nun passend sein, um den Inhalt scharf und bestimmt
erkennen zu lassen, oder mag der Gedanke nur unvollstän-
dig, nur theilweise zum Ausdruck kommen; genug, dass die
Formen eine schöne Rundung zeigen, dass sie eine harmo-
nische Gruppe bilden. Es fehlt dem Sidonius durchaus an
dem Interesse, das den Gregor v. Tours zum Historiker seines
Volks machte. Lehnte [1]) er es doch ab, die Geschichte seiner

---

Mann siegreich gegen ein ganzes Heer; jedoch schrieb Sidonius dies
nicht, um den Ruhm dieser Freunde auf die Nachwelt zu bringen;
zunächst wenigstens wollte er ihnen schmeicheln und dadurch ihren
Dank verdienen.

[1]) Der Minister Eurichs, Leo, hatte ihn dazu aufgefordert und
Sidon. antwortet ihm ep. IV, 22. Auch Tacitus habe einst den Pli-
nius hierzu beredet und später es doch selbst gethan, so möge auch
Leo, der ja den Tacitus an alterthümlicher Sprache übertreffe, und
überdies im Mittelpunkt der Ereignisse stehe, selbst dieser Aufgabe
sich unterziehen. Für den Geistlichen schicke sich ein derartiges
Unternehmen nicht. Mit litterarischen Arbeiten sei zudem jetzt kein
Ruhm zu verdienen, am wenigsten aber mit Geschichtschreibung.
Schreibt der Geistliche Kirchengeschichte, so ist dies unvorsichtig,

Zeit zu schreiben, weil mit historischer Darstellung kein Ruhm
zu gewinnen sei. Sidonius will lebendig und anschaulich
schildern, und es kümmert ihn nicht, ob die Wirklichkeit die
Gegensätze so schroff zeigt, wie sie bei ihm sich gegenüber-
stehen, ob die Eigenschaften, die Details, die er seinem Ge-
genstand leiht, seiner Erzählung einflicht, nicht etwa blos
dem Bilde entnommen sind, das seiner Phantasie vorschwebt,
ob er seinen Vorwurf allseitig beleuchtet, oder ob er nur eine
Seite desselben hervorkehrt — kurz, er opfert die Treue der
Erzählung der Lebendigkeit der Schilderung und die Schärfe
des bezeichnenden Ausdrucks, die proprietas des dem Begriff
entsprechenden Worts der vermeintlichen Schönheit der Phrase, welche die rythmische Gliederung der Periode vollenden
hilft. Diese Mängel werden theilweise dadurch aufgehoben,
dass die Briefe ursprünglich einem practischen Zwecke dienten,
so dass er gezwungen war, eine sachgemässe Darstellung der

---

schreibt er politische, so ist es anmaassend. Die Vergangenheit zu
schildern ist für ihn unfruchtbar, die Gegenwart aber durchschaut
er nicht vollständig. Berichtet er Falsches, so handelt er schändlich,
sagt er die Wahrheit, so bringt er sich in Gefahr. Lobt er die Gu-
ten, so wird ihm wenig Dank; tadelt er die Schlechten, so trifft ihn
grimmiger Hass. Die Erzählung nimmt den Ton der Satyre an —
kurz, historische Darstellung gehört nicht für unsern Stand. Leo
aber braucht Niemand zu fürchten, ist Meister der Beredsamkeit, er
mag es unternehmen.« Es scheint fast, — da der Brief kurz nach
der Rückkehr des Sid. aus Livia geschrieben ist — dass Leo wünsch-
te, der Poet solle durch eine Verherrlichung der Thaten Eurichs dessen Gunst sich erschmeicheln. Sidon. versuchte dies ja auch, er
scheute aber doch wohl zurück, in ausführlicher Erörterung seine
und seiner Freunde Bestrebungen zu verdammen.

Dem Bischof Prosper aber, der ihn aufgefordert hatte eine Geschichte des Kampfes gegen Attila und damit eine Verherrlichung
des heil. Anianus, des Vorgängers von Prosper auf dem Bischofsstuhl
von Orleans, zu schreiben, theilt er einfach mit, dass er das Werk
begonnen, aber wieder zerrissen habe, weil es ihm nicht genüge, und
dgl. pflege er nicht zu veröffentlichen. ep. VIII, 15. Einen Panegyricus auf den Heiligen wolle er gern dichten.

Verhältnisse zu geben. Bei der Herausgabe der Briefe sollten allerdings nur einzelne noch einen bestimmten Zweck erfüllen, und er hatte nicht nöthig, bei seinem Feilen und Verbessern darauf zu achten, ob auch die elegantere Wendung dem Empfänger des Briefes den Inhalt klarer und richtiger angebe — aber es war doch wesentlich, dass diese Rücksicht ursprünglich vorgewaltet hatte.

Ich habe dies etwas scharf hervorgehoben, damit man sich hüte, einen Ausdruck des Sidonius zu pressen, ein System zu bauen auf eine Wendung desselben, die vielleicht nur der Abrundung des Satzes wegen gewählt war. Sidonius war ja der Sprache hinreichend Herr, um nicht fortwährend gezwungen zu sein, die Dinge schief oder falsch darzustellen, damit er einen Ausdruck gewinne, der seinem Geschmacke zusagte. Und wenn Sidon. auch frei mit seinem Stoff umgeht, wenn er statt den Verlauf eines Ereignisses darzustellen, nur einige Punkte hervorhebt oder ihn gar ganz falsch angiebt, so liegt ja auch meistens unser Interesse nicht an dem Erfassen der Begebenheit, die er schildert, um derentwillen der Brief geschrieben wurde, sondern in den einzelnen Notizen, die er hierbei mittheilt, in den Voraussetzungen, auf denen seine Darstellung fusst. So kümmert es uns z. B. wenig, ob die Wahl des Erzbischofs von Bourges ruhig oder stürmisch verlaufen, weit mehr dagegen die Nachricht, dass die Städte dieser Erzdiöcese mit Ausnahme von Avern in den Händen der Gothen waren und dass Eurich die Bischöfe derselben hinderte, an der Wahl des Erzbischofs Theil zu nehmen, dass er so den Metropolitanverband der Kirchen seines Reichs mit denen des römischen Gebietes zerriss — eine Nachricht, die wir ganz sicher entnehmen, obwohl wir aus den verschiedenen Darstellungen dieser Wahl bei Sidonius, ganz verschiedene Vorstellungen von dem Verlauf derselben gewinnen müssen [1]).

---

[1]) Diese Wahl schildert er ep. VII, 5. 8. 9. ep. 5 u. 9 hören wir dass die ganze Stadt in Aufregung sei, dass die Unverschämtheit

Leider ist nur die Ausdrucksweise, der Stil des Sidon. oft hinderlich, den zu Grunde liegenden Gedanken scharf zu erfassen. Das Ideal der Darstellung ist ihm die knochige, knorrige Rede in der Sprache der alten Sabiner, mit seinen Zeitgenossen bewundert er Fronto und Apulejus [1] als die grossen Meister. Er schmückt die Rede mit allerlei rhetorischen Figuren, poetisch sein sollenden Bildern und breit ausgeführten historischen Beispielen, wodurch er das Verständniss nur hemmt. Durch Häufung der Ausdrücke sucht er kräftig, durch Uebertreibung pathetisch zu sein und eifrig bemüht er sich, dies Alles in rythmisch gegliederte Perioden zu fassen, deren einzelne Glieder durch schlagende Antithesen in lebendiger Verbindung stehen [2]. Freilich sind die letztern bisweilen selbst sinnlos [3], bisweilen aber wecken sie

----

der Bewerber keine Grenzen kenne. Wäre ein Käufer so frech, es würde nicht an solchen fehlen, die bereit wären das heil. Amt zu verkaufen. ep. 8 dagegen brennt das Volk von Bourges vor Verlangen, den Simplicius zum Bischof zu erhalten (flagitat). Keine Sylbe deutet auf die Intriguen und Unruhen; und doch bittet er in diesem Briefe den Bischof Euphronius um seinen Rath, ob er den Simplicius weihen solle.

Richtig ist, dass das Volk von Bourges, weil es wegen der Wahlumtriebe zu keinem Entschluss kommen konnte, die Wahl der Geistlichkeit überliess.

Es scheint, dass Sidon. ep. 8 die Darstellung modificirte, damit Euphronius sicher seinen Beifall gebe — die Anfrage war wohl bloss formell, bloss aus Höflichkeit, so feierlich die Sprache auch ist.

[1] vgl. IV, 3. VIII, 3. I, 1. VIII, 10. Ueber den Stil spricht Sid. ausführlich ep. IV, 3 u. VIII, 16.

[2] ep. VII, 9. p. 189: pondera historica aut poetica schemata scintillas ve controversalium clausularum (glänzende Antithesen). vgl. IX, 3. p. 254.

Gern wendet S. Metaphern an z. B. III, 13. VII, 6. Das widrige Bild in IX, 9.

[3] ep. VII, 6 spricht er von dem Elend der gallischen Kirche, da so viele Bischofssitze leer stehen und Eurich — es ist während des Kampfes — nicht erlaubt, dass sie besetzt werden, und dies nennt Sid. valetudo occulta, die einer aperta medicina bedürfe.

Gedanken , die dem Sachverhalt widersprechen [1]). Sidon.
schreibt jedoch diese Antithesen nicht, um die falsche Vor-
stellung zu erzeugen, sondern rein um der Antithese Willen;
wie der Knabe schiesst, um den Knall zu hören, so spielt
Sidonius hier mit den Worten, ohne ernstlich einen Gedanken durch sie ausdrücken zu wollen Die gewöhnliche Me-
thode, durch die er zu wirken sucht, ist die Rhetorik der
Uebertreibung, die Häufung [2]) der Ausdrücke. Es begegnet
ihm, dass er einem Gegenstande alle denkbaren Eigenschaften leiht, so dass wir schliesslich statt eines individuellen Ob-
jectes eine Schablone vor uns sehen und vergebens zu erkennen suchen, wie es denn in Wahrheit beschaffen gewesen
sei [3]). Daneben bleibt mancher Ausdruck unverständlich und
es ist interessant, zu hören, dass schon wenige Jahre nach
dem Tode des Sidonius sein Freund Ruricius sich an den
Sohn desselben mit der Bitte wandte, ihm einige Stellen in
den Schriften seines Vaters zu erklären, deren tiefen Sinn er
nicht verstehe [4]). Doch sind viele Briefe auch freier von
diesen Künsteleien und hat die spätere Feile den Character
grösserer Einfachheit nicht verwischen können, den ihnen ihre
ursprünglich practische Bestimmung aufdrückte — in andern

---

[1]) Man denke an die bekannte Antithese ep. II, 1 leges Theo-
dosianas calcans, Theodoricianasque proponens.

[2]) cf. ep. V, 7. I, 8. I, 9. p. 21/22. II, 1. III, 2. 13. IV, 1. 3.
Das was hier Rhetorik der Uebertreibung genannt ist, tritt z. B.
ep. III, 13. VII, 13. 14 grell auf.

[3]) Man vergleiche die Schilderung des Seronatus II, 1, in der
fast alle individuellen Züge verloren gegangen sind. vgl. IV, 1, wo
er erzählt, dass sein Freund Probus ihn in der Schule mit seinen ge-
reifteren Kenntnissen unterstütze und alle möglichen Schriftsteller
aufzählt, welche ihm damals Schwierigkeiten machten — so dass
wir aus dieser Stelle nicht entnehmen können, welche Autoren damals in den Schulen gelesen wurden.

[4]) cf. Ruricii ep. II, 25.

dagegen hat er seine ganze Kraft aufgeboten, recht kunstgemäss zu schreiben [1]).

Mit den spätern Büchern wollte Sidonius allerdings nicht nur seinen schriftstellerischen Ruhm mehren, sondern sich zugleich seine Freunde verbinden, indem er einen an sie gerichteten Brief in die Sammlung aufnahm und ihren Namen unsterblich machte [2]). Da berechnet er den Platz, den dieser und jener in der Sammlung einnehmen müsse, wie oft der Name eines Mannes erwähnt zu werden verdiene, und einem hochgestellten Freunde und Verwandten sagt er geradezu, welche hohe Ehre er ihm damit erweise, dass er seinen Namen unmittelbar an die der Bischöfe anreihe. Hier hat Sidonius, so zu sagen, ein historisches Interesse, er will der Nachwelt das Lob seiner Freunde verkünden — aber diese Absicht herrscht eben so in den andern Briefen, wenn er auch nicht immer an die Nachwelt dachte, sondern zunächst an den Adressaten selbst, der sich geschmeichelt fühlen und den Sidonius mit gleicher Münze zahlen sollte. Hierbei mag es vorgekommen sein, dass ihm ein Brief fehlte an Jemand, den er gern nennen wollte, und dass er dann eigens zum Zweck der Aufnahme in die Sammlung einen Brief schrieb. Mit Sicherheit können wir nur diejenigen Briefe hierher rechnen, in denen Sidonius selbst dies offen sagt; vielleicht aber gehörten noch einige andere hinzu, die einen blossen Gruss etc. enthalten. In ihrem Werth stehen diese Briefe übrigens

---

[1]) cf. ep. IV, 3. Er schreibe deshalb so selten an Claudian, weil er sich fürchte vor der scharfen Kritik desselben. cf. ep. IX, 3.

[2]) ep. VIII, 5: Ibios et tu in paginas nostras. — Neque enim tibi familiaritas tam parva cum litteris ut per has ipsas de te aliquid post te superesse non deceat. Vivet ilicet, vi vel in posterum nominis tui gloria. Nam si qua nostris qualitercumque gratia, reverentia, fides chartulis inest, sciat aetas, volo, posthuma, nihil fide tua firmius. cf. IX, 15: Deliqui qui necdum nomine tuo operi meo litteras junxerim. cf. ep. IX, 11 u. VII, 12.

ep. VIII, 5 ist allerdings erst für die Sammlung geschrieben, aber trotzdem trägt auch er den Charakter eines echten Briefes.

den anderen vollkommen [1]) gleich, und selbst wenn Sidonius — was sich jedoch durchaus nicht wahrscheinlich machen lässt — in einem solchen fingirten Briefe eine Reise geschildert hätte, die er nie machte, oder ein Ereigniss, das ihm nie begegnete — so würden wir doch aus seiner Darstellung die Zustände jener Zeit kennen lernen können, denen er ja doch die Farben seiner Zeichnung, die Momente seiner Dichtung entlehnt.

Mag aber Sidonius uns manchmal dunkel bleiben, mag er die Schärfe der Bezeichnung abstumpfen, um eine schönere Phrase anwenden zu können, mag Manches einseitig, selbst unrichtig dargestellt sein, immerhin bieten diese Briefe eine sichere und reiche Ausbeute der verschiedenartigsten Nachrichten über diese dunkle und schwierige Periode der Geschichte, wenn wir nur auf seine Art und Weise achten, seine Uebertreibungen beschränken, seine Antithesen doppelt vorsichtig prüfen und Ziel und Zweck im Auge behalten, den er bei jedem Briefe verfolgt.

Die Fehler der Darstellung, die wir eben characterisirten, und der Mangel an Achtung vor der geschichtlichen Wahrheit herrschen jedoch noch weit mehr in den Gedichten, deren wichtigste — die Panegyriken — ja einen historischen Inhalt haben. Sie herrschen um so mehr, als Sidon. durchaus keine poetische Befähigung besass [2]) und seine Gedichte nur schülerhafte Nachbildungen einer überlieferten Manier sind. Ein Gedicht ist ihm ein Product des Verstandes,

---

[1]) Man möchte in diesen Briefen eine grössere Geschraubtheit des Ausdrucks, ein völliges Ignoriren der factischen Verhältnisse erwarten, weil sie ja nie zur Vermittlung eines praktischen Zweckes gedient hatten — aber die wenigen Briefe, die wir mit Sicherheit hierher rechnen können, tragen nicht einmal diesen Charakter und sind zur Beurtheilung der Zeit sehr lehrreich. vgl. not. ult. p. 16.

[2]) Gibbon sagt Bd. VI. c. 36. no. 79: »Wenn der heil. Hieronymus von den Engeln geprügelt ward, weil er den Vergil gelesen, so hat der Bischof von Clermont eine Tracht von den Musen verdient, weil er ihn so schlecht nachgeahmt.«

das Erzeugniss einer gewissen Technik [1]), die um so vollendeter ist, je schneller sie arbeitet [2]). Als ein Hauptkunststück scheint er es anzusehen, möglichst viele Einzelheiten in einen Vers zusammenzupressen. Wie wenig er aber die historische Wahrheit achtet, mag uns sein Ausspruch lehren, dass der Panegyrist dann seine Kunst am vollendetsten zeige, wenn er einen schlechten Stoff schön herausputze [3]). Er sucht hier nicht etwa nur, recht schön, recht künstlich zu schreiben, unbekümmert ob er den Sachverhalt vollständig oder genau angiebt, sondern er sucht nur gar zu oft schwarz weiss und weiss schwarz erscheinen zu lassen, um seine Helden zu erheben. Dies ist der grosse Unterschied zwischen den Panegyriken und den Briefen, in denen er selten ein Interesse hatte, von der Wahrheit abzuweichen, wenn wir von den stehenden Lobhudeleien absehen, die er der Gelehrsamkeit und Frömmigkeit eines Jeden zollt, der ihm in den Wurf kommt [4]).

Wir werden hier von den Panegyriken ausführlich handeln, weil sie häufig als historische Quellen für eine Zeit benutzt werden, von der uns fast alle sichere Kunde abgeht. Die übrigen Gedichte bieten nur ganz vereinzelt eine Ausbeute für die historische Forschung [5]), sie selbst aber sind

---

[1]) ep. VIII, 3 u. 4: non fonte sed fronte sudantur carminum modi.

[2]) Er berichtet genau in wieviel Minuten oder Secunden er ein Gedicht gefertigt habe und was Alles ihn hierbei noch gestört habe. cf. I, 17. IV, 8. I, 11.

[3]) ep. VIII, 10. Nam moris est eloquentibus viris, ingeniorum facultatem negotiorum probare difficultatibus et illic stylum peritum, quasi quendam foecundi pectoris vomerem figere, ubi materiae sterilis argumentum, velut arida cespitis macri gleba, jegunat. . .

[4]) Zur Ehre des Sidonius sei es übrigens gesagt, dass seine frömmsten und bedeutendsten Zeitgenossen es ihm hierin mindestens gleich thun. Gegen einen Constantius, vita S. Germani 29. Juli ist er selbst noch würdig.

[5]) Reichhaltig sind nur die Nachrichten über die Schriftsteller

redende Zeugnisse von der Saft- und Kraftlosigkeit der un-
tergehenden alten Welt. Man begreift nicht, wie man diesen
Machwerken Beifall spenden konnte, die in unermüdlicher
Wiederholung die Mythen der alten Götter und Heroen, die
Namen berühmter Männer, die Systeme der Philosophen, die
Beschreibung von Schlachten u. s. w. an jeden beliebigen Stoff
anreihen, der dem Sidon. unter die Hände geräth. Mag er
ein zärtliches Brautpaar besingen oder das Buch eines Gön-
ners, ganz gleich, die alte Schablone ist unfehlbar und Sidon.
nie verlegen um ein Gedicht [1]).

Am besten gefallen noch die kleineren, epigrammatischen
Gedichte, wie Sidon. überhaupt am besten, einen gegebenen,
begrenzten Stoff zu behandeln versteht [2]).

Bei der Benutzung dieser Gedichte gelten natürlich die
oben erörterten Grundsätze ebenfalls, nur ist noch mehr Vor-
sicht nöthig.

Die drei Panegyriken sind in den Ausgaben in umge-
kehrter Reihenfolge geordnet, wir wollen sie hier aber in
chronologischer Ordnung besprechen.

---

seiner Zeit, vgl. namentl. carm. IX u. c. XXII. vgl. c. XXIII, 160
über Ovids Verbannung.

[1]) So kramt er in dem einleitenden Gedicht dieses Buchs c. IX
unter der Formel Non canto seine mythologische und antiquarische
Gelehrsamkeit aus. Eine zwar nicht ernst gemeinte aber äusserst
treffende Selbstkritik findet sich v. 328:

> Nos valde sterilis modos camoenae
> Rarae credimus hos brevique chartae
> Quae scombras merite piperque portat.

Als Probe lese man das Trinklied, welches Sidon. ep. IX, 13 einem
vornehmen Jüngling mittheilt, der ihn um ein Paar Verse gebeten
hatte, die er beim Weine singen möchte, und welches Gedicht buch-
stäblich blos aus allen möglichen Gründen und Behauptungen zusam-
mengesetzt ist, welche beweisen sollen, dass Sidon. kein Trinklied
machen kann. Und doch fand dieses so viel Beifall, dass Sidon. IX,
15 einem Andern dieselbe Bitte erfüllen musste; und er that es mit
demselben Geschmack.

[2]) So bittet er ep. IX, 9. 15 um Stoff, sonst könne er kein Gedicht liefern.

Im Jahr 455 warf sich Avitus, der Schwiegervater des Sidonius, in Gallien zum Kaiser auf und zog dann durch Pannonien nach Rom, wo er am 1. Januar das Consulat antrat.

Da begrüsste ihn Sidonius mit einem Panegyricus, der die bestimmte Absicht verräth, den Kaiser von dem Vorwurf des ambitus zu reinigen. Deshalb wird wiederholt versichert, dass Avitus sich sträube, den Thron anzunehmen, und als die Grossen Galliens ihn jauchzend als Kaiser begrüssen, wendet er sein Gesicht traurig ab. Bei Sidonius erfährt Avitus erst aus dem Munde der Gothen, dass der Kaiser Maximus ermordet und dass der Thron vacant sei. Avitus ist nur nach Toulouse gekommen, um seine Pflicht als magister militum zu erfüllen und die Gothen zum Frieden zu bewegen. Die letzteren werden als abgöttische Verehrer des Avitus geschildert, damit dieser moralisch gezwungen scheine, den Thron anzunehmen, um Rom die Freundschaft des mächtigen Volkes zu erhalten. Um jeden Verdacht zurüchzuweisen, als habe der Ehrgeiz seinen Helden zu diesem Schritt gedrängt, führt uns der Schmeichler das Leben des Avitus vor, wie das eines Römers der alten Zeit. Als Knabe badet er im Schnee, als Jüngling kämpft er mit verwegener Tapferkeit und dann zieht er sich in die Stille seines Landguts zurück, wo ihn, einen andern Cincinnatus, die Ernennung zur höchsten militärischen Würde überrascht, als er gerade seinen Acker bestellt [1]). Er kennt nur eine Leidenschaft, dem Vaterlande zu dienen.

Sidonius erinnert dann an die Noth, die Rom unter den Knabenkaisern erduldet hatte [2]), welche blos ihres Geschlechts wegen auf den Thron gestiegen seien, um so die Berechti-

----

[1]) c. VII v. 380.

[2]) Er wird förmlich revolutionair

v. 538:   sed dum per verba parentum
    Ignavas colimus leges, sanctumque putamus
    Rem veterem per damna sequi, portavimus umbram
    Imperii.

gung des Avitus zu erweisen, als einfacher Adliger die Herrschaft zu ergreifen (v. 540.) und zuletzt wird in pathetischen Versen ausgeführt, dass in solchen Zeiten der Noth Niemand durch Wahlumtriebe und Bestechungen das Reich gewinne, da rufe man den Tapfersten zur höchsten Stelle, wie das die Geschichte in zahlreichen Beispielen lehre 550 ff. Damit aber schliesslich dem neuen Herrscher die göttliche Weihe nicht fehle, muss Jupiter dies Alles als den Willen des Schicksals verkünden, müssen Wunderzeichen schon an der Wiege des Knaben seine künftige Grösse ahnen lassen, müssen die Parzen das Ereigniss in das Gewebe des römischen Geschickes verweben.

Schon diese gewaltige Anstrengung, mit der Sidon. Alles hervorsucht, was den Schein verbreiten kann, als sei Avitus gegen seinen Willen auf den Thron gehoben, erweckt unser Misstraun und wir glauben unbedingt dem zwar spätern Gregor von Tours, der uns erzählt, dass Avitus sich durch eifrige Umtriebe auf den Thron gehoben habe [1]. Neben dieser durch das ganze Gedicht durchgeführten Fiction finden sich in demselben noch verschiedene Fälschungen der historischen Wahrheit, wie jene hervorgerufen durch die Schmeichelei gegen einen Mann, dessen Leben und Thaten wenig Grund zu Lobeserhebungen geboten zu haben scheinen [2]. So treten die Gallier als Leute auf, die vor allem

---

[1] histor. Franc. II, 11 Avitus . . cum romanum ambiisset imperium.

[2] cf. Greg. II, 11. Seine Regierung scheint erbärmlich gewesen zu sein. cf. Victor Tunn. (Roncall. II, 342) a. 456 Ricimerus Patritius Avitum superat cujus innocentiae parcens Placentiae episcopum facit. Ueber den Tod des Avitus herrscht viel Unklarheit, wegen des Widerspruchs des Idatius, dessen unbestimmter Ausdruck seine Regierung auf drei Jahre zu verlängern scheint.

Eine Vergleichung des anonym. Cuspiniani und des Theophanes, der hier entschieden alte annalistische Aufzeichnungen ausschreibt, führt zu dem Resultat, dass Avitus von Ricimer besiegt und entthront ward und kurze Zeit als episc. Placentiae lebte. Er starb vielleicht

dem Vaterlande dienen, sein Bestes suchen wollen, weit entfernt, bei der Wahl eines Kaisers an eigensüchtige Absichten zu denken [1]) — als Wähler des Avitus müssen sie ja an seinem Heiligenschein Theil nehmen, damit kein schwarzer Schimmer auf den Helden zurückfalle — und nun vergleiche man mit diesen Galliern das Bild, welches derselbe Sidonius in den Briefen von ihnen entwirft und welches uns überall Denuncianten und Speichellecker, Intriguanten und Stimmverkäufer zeigt [2]). Aetius aber, dieser Held, auf dessen Schultern lange Jahre hindurch das Westreich ruhte und den Avitus vielleicht auf seinen Feldzügen in Gallien begleitet hatte, muss ganz zurücktreten vor dem Alles überragenden Avitus, „der an allen Thaten des Aetius Theil hatte und Vieles ausserdem allein vollführte" [3]). So soll Avitus durch einen Brief, den er an Theodorich sandte, die Gothen, welche nach einem Siege über Littorius, einen Unterbefehlshaber des Aetius, nur zu marschiren brauchten, um Gallien zu occupiren, bewogen haben, Frieden zu schliessen [4]). Wir wissen aber, dass die Gothen von dem Kampf so erschöpft waren, dass eigentlich nur die Gefangennahme des Littorius [5]), den Sieg

---

458, was den Idatius veranlasste, bei diesem Jahre die Geschichte seines Unglücks zusammenzufassen.

Bezeichnend ist dass Victor von seiner innocentia »Unschädlichkeit« spricht.

Sidon. VII v. 590 lässt ihn allerdings Pannonien erobern, verdächtig ist aber dass er dieser Heldenthat nur mit einem Verse gedenkt.

[1]) cf. v. 552 sqq.

[2]) cf. ep. V, 7 u. andere Stellen, aber die schwerste Anklage ist die verwunderte Freude, die Sidonius über jede einfache, bürgerliche Tugend bezeigt, die ihm begegnet.

[3]) c. VII, 232. qui (Aetius) quamquam celsus in armis, nil sine te gessit, cum plurima tu sine illo.

[4]) v. 297 sqq. Avitus war damas Praefect von Gallien. v. 303 nec erat pugnare Getis necesse sed migrare. Dieselbe Wendung kehrt noch 2mal im Sidonius wider.

[5]) cf. Prosper Aquit. Theodos. XVII et Festo css. Du Chesne I, p. 206.

für sie entschied. Sonst hätten sie auch sicher nicht einen
Frieden geschlossen, der ihre Grenzen wenig oder gar nicht
erweiterte.

Auch als Attila in Gallien einfiel und die Gothen er-
klärten, den Feind in den eigenen Grenzen erwarten zu wollen, soll Avitus der Retter Roms geworden sein, der die
Gothen bewog, gemeinsam mit dem römischen Heere den
Kampf zu bestehen [1]). Freilich erzählt auch Jordanis [2]), dass
die Gothen erst durch eine Gesandtschaft des Kaisers für den
gemeinschaftlichen Kampf gewonnen seien, aber die Art und
Weise, wie Sidon. den Umstand, dass Avitus Mitglied dieser
Gesandtschaft war [3]), ausnutzt, um auf ihn den ganzen Ruhm
der Befreiung Galliens zu häufen, wie er den Aetius mit
einer kleinen Schaar an den Alpen stehen lässt, als Attila
schon Herr von Belgien ist, während dieser vorsichtige Feldherr doch ein bedeutendes Heer zusammengerafft hatte, ist
nur einem Schmeichler nöthig, dem die historische Wahrheit
gleichgiltig ist. Da werden wir es denn auch nur natürlich
finden, dass Sidonius seinen Helden durchaus als einen Heroen schildert und sein Bild mit allerlei Zügen versieht, die
er den grossen Männern des Alterthums abborgt.

Grade zu lächerlich erscheint aber das Verhältniss, in
das er die Gothen zum Avitus stellt [5]). Die Gothen erscheinen allerdings auch in diesem Gedicht als ein Volk, das mit
Rom in häufigem Kampfe liegt, das jede Verwirrung, jeden
Thronwechsel in Rom zu seinem Vortheil auszubeuten sucht
— eine Darstellung, die der der anderen Quellen durchaus
entspricht; allein diese Gothen, so will uns Sidonius glauben
machen, verehren den Avitus wie einen Gott, sein Wunsch

---

1) v. 325 sqq. Die Gothen folgen sofort dem Befehl des Avitus.
v. 348 Advolat et famulas in praelia concitat iras.

2) c. 36.

3) dies müssen wir doch wohl annehmen.

4) v. 325—46.

5) Die Hauptstellen für dies Verhältniss sind v. 305 ff. 348 f.
398 ff.

ist ihnen Befehl. Und nicht nur die Könige ehren ihn so —
nein, das ganze Volk ist eins in diesem Gefühl, gleich wie
Allemannen, Franken und die andern deutschen Stämme in
ihm den gewaltigen Feldherrn fürchten [1]).

Die Erzählung, welche Sidonius v. 220 ff. giebt, um diese
unbegrenzte Verehrung des Avitus zu erklären, reduciert sich
auf das einfache Factum, dass Avitus 430 an den Hof Theodorich I. kam, um für einen Freund, der den Gothen als
Geissel gegeben war, die Freiheit zu erbitten. Sidonius sagt
nicht, dass ihm diese Bitte gewährt sei, dagegen erfahren
wir, dass der Gothenkönig den stolzen Römer immer lieber
gewann, der es ablehnte, sein Freund zu sein. (Pyrrhus und
Fabricius werden als Beispiel citirt) und dass Avitus den jun-
gen Theodorich II. unterrichtet, der mit zärtlicher Liebe an
ihm hängt.

So wenig diese Erzählung, deren Detail, ja deren eigent-
licher Kernpunkt [2]) die Feder des Schmeichlers verräth —
jene unbedingte Unterwürfigkeit der Gothen zu erklären im
Stande ist, so unwahr und gefälscht ist die Erzählung der
Thatsachen, in denen sie sich bewährt haben soll. Nicht die
Liebe zum Avitus, sahen wir oben, sondern die eigene Er-
schöpfung bewog 439 die Gothen zum Frieden; nicht sein
Befehl, sondern langwierige Verhandlungen und die Macht
der Umstände führten sie 451 dazu, mit Rom gemeinsam ge-

---

[1]) Beim Tode des Aetius dringen die Barbaren über Roms Grenzen v. 368 ff. Die Sachsen (die Stelle ist unklar) landen in Armonica,
wie es scheint, dem Aufstand der Provinz Halt zu geben. Die Franken dringen in der Germania I. und Belgica II. vor. Die Aleman-
nen überschreiten den Rhein, da hören sie, dass Avitus zum Magister militum ernannt sei — und die Allemannen schicken Gesandte
um Frieden zu bitten, und v. 390: Saxonis incursus cessat, Chattum-
que palustri alligat Albis aqua, vixque hoc ter menstrua totum luna
videt.

Hier erwähnt er der Franken nicht, dagegen die Chatten, die er
oben nicht nannte, ein Zeichen dass er die Chatten zu den Franken
rechnet.

[2]) v. 226—30.

gen Attila zu streiten. Und ebenso verhält es sich mit der Unterstützung, welche die Gothen bei der Usurpation des Kaiserthrons gewährten.

Billig übergehen wir die excentrische Darstellung von dem Eindruck, den die blosse Nachricht von der Ernennung des Avitus zum magister militum auf die Gothen macht, die schon zum Einfall in das römische Gebiet versammelt sind, nun aber sofort das Schwerdt mit dem Karst vertauschen, und wenden uns zu dem Bilde, das Sidonius hier von dem mannesstolzen Theodorich II. entwirft.

Er zeigt sich als ein kindlicher Verehrer des Avitus, der nur zu bedauern scheint, dass er ein Gothe ist (v. 497.); der sehnsüchtig den Augenblick erwartet, wo er den Schandfleck in der Geschichte seines Volks, die Eroberung Roms durch Alarich, wieder abwaschen kann, der Roms Freund, ja Roms Söldner sein will, wenn nur sein geliebter Lehrer Avitus die unzeitige Bescheidenheit überwindet und sich Kaiser nennt.

Freilich zeichnet ihn Sidonius in den Briefen als einen festen, stolzen Mann, freilich befiehlt er bald darauf seinen Feldherren in Spanien, sich Freunde des Avitus zu nennen um so die festen Städte leichter zu erobern, und lässt grosse Schaaren von Römern jedes Alters und Standes in die Gefangenschaft führen [1]), freilich verweigert er dem Avitus die dringend erbetene Hilfe, als dieser von dem Sueven Ricimer bedrängt, entthront, vielleicht ermordet ward [2]). Und wie der König, so sein Volk; gegen Rom wollen Alle kämpfen, aber wenn Avitus sich entschliesst, Kaiser zu sein, so wollen sie ihm folgen als seine treuen Trabanten und Roms Schlachten schlagen. Das Volk erregt einen förmlichen Aufstand bei dem blossen Gedanken, dass sein König dem Avitus nicht sofort zu Willen sei.

---

[1]) cf. Chronicon Idatii, für diese Zeit die sicherste Quelle.

[2]) Ueber den Tod des Avitus s. o. Sicher ist es allerdings nicht, dass Ricimer die Ursache seines Todes war, jedenfalls aber seiner gewaltsamen Entthronung.

Dass Sidonius sich zu diesen Lächerlichkeiten fortreissen liess, findet seine Erklärung am besten wohl darin, dass er hier viel zu verdecken hatte, dass Avitus den Gothen Versprechungen gemacht hatte, die sich mit der Ehre des Reichs nicht vertrugen. Es ist sehr wahrscheinlich, dass er dem Theodorich Spanien überliess oder doch eine Art Schutzrecht über dies Land [1]).

Aber, trotz aller dieser Fälschungen des wirklichen Sachverhalts, namentlich des Antheils, den einzelne Personen an einem Erfolge gehabt und der Motive, die sie zum Handeln geführt haben, trotz der Schmeichelei, die das Kleine gross und das Grosse klsin erscheinen lässt; — ist uns dieser Panegyricus eine ergiebige Quelle für die Geschichte jener Zeit.

Ist der Friedensschluss, der der Niederlage des Littorius von 439 folgt, von Sidonius auch zu Lobhudeleien gemissbraucht, so haben wir doch ein neues Zeugniss für den erbitterten Kampf um Toulouse; und wenn es uns auch lächer-

---

[1]) Wenn wir die spärlichen Nachrichten der Chronisten und das Auftreten Theodorichs in Spanien betrachten, so ergiebt sich Folgendes als der wahrscheinliche Hergang der Wahl des Avitus.

Avitus wird vom Kaiser Maximus zum magister utriusque militiae ernannt. Im Lauf von drei Monaten ist er bemüht die Grenzen der Provinz zu sichern, die überall von den Germanen überschritten werden. Beim Tode des Maximus wirft er sich zum Kaiser auf, nachdem er von Theodorich II., dem er unter irgend einer Form Spanien überlassen, das Versprechen militärischer Unterstützung erhalten hat.

Dass er Spanien den Gothen überliess, geht daraus hervor, dass er unmittelbar darauf zugleich mit Theodorich Gesandte an die Sueven schickte, um sie von ihren Raubzügen abzuhalten, dass dann aber Theodorich in den spanischen Angelegenheiten allein handelt — ohne dass wir auch nur von einem mittelbaren Einfluss des Kaisers hören.

Uebrigens ist wohl zu bemerken, dass auch Sidonius niemals sagt, Avitus sei von den Gothen zum Kaiser gewählt. Sie versprechen ihm nur ihre Unterstützung für den Fall, dass er den Namen des Kaisers annehme und der Adel Galliens wählt ihn sodann.

vgl. die Nachrichten des Idatius und Marcus Aventic.

lich und als eine Fälschung vorkommen muss, dass die Gothen auf Befehl des Avitus sich mit Aetius vereinigen, statt
Attila in den eigenen Grenzen zu erwarten, so bietet der
Kern der vielen Hexameter doch eine willkommene Bestäti-
gung der Erzählung des Jordanis von dem Verhalten der Gothen bei dem Einbruch des Attila.

Ja auch die Erzählung von der Thronbesteigung des Avitus kann uns die Nachrichten der Chronisten verständlicher
machen, abgesehen davon, dass Sidonius einige Details lie-
fert, die unverdächtig sind, weil sie auf die Entwicklung des
Ganzen ohne Einfluss sind, z. B. den Ort der Wahl, die Art
der Krönung. So machen wir auf die Erwähnung des Mes-
sianus als eines thätigen Anhängers des Avitus aufmerksam,
dessen Ermordung der Anonymus Cuspiniani 456 mit der
Entthronung des Avitus in Zusammenhang setzt; das Letztere
gewinnt durch jene Nachricht des Sidonius an Glaubwürdig-
keit und Verständniss und wir sehen, dass der Anonymus
über diese Verhältnisse gut unterrichtet ist [1]).

Wichtig ist uns auch die Schilderung der Volksversamm-
lung der Westgothen, wie die ergrauten, aber noch geistes-
frischen Männer in ärmlich-einfacher Kleidung dastehen, wie
der König Ruhe gebietend die Versammlung eröffnet. Wir
lernen auch aus v. 395, dass die Grenzen der Gothen damals

---

[1]) Es kann hier nicht die Absicht sein, den historischen Inhalt
des Panegyricus zu erschöpfen, je nach dem Standpunkt von dem aus
man ihn benutzt, wird man auf Nachrichten aufmerksam, die einem
Anderen entgehen.

[1]) Nach dem Anonymus ist Rom am 12. Juni von den Vandalen
eingenommen und bis zum 29. Juni besetzt gehalten, wärend Avitus
am 10. Juli in Gallien den Kaisertitel annahm. Idatius meldet gleichfalls, dass Rom während des Interregnums zwischen Maximus und
Avitus erobert sei.

Deshalb dürfen wir c. VII v. 115 v. 441, wo der Dichter seinen
Schwiegervater preist, dass dies Ungemach nicht seine Regierung ver-
unziere, nicht für eine blosse Schmeichlerwendung halten, entspre-
chend dem Götterwillen c. V, 310 sqq.

bis an den Ausfluss der Garonne reichten und nicht ohne Interesse hören wir v. 344 die Bructerer als selbständiges Volk erwähnen. Aehnliche Nachrichten finden sich noch zahlreich [1]).

Wenden wir uns nun zu dem Panegyricus, den Sidonius am Ende des Jahres 458 zu Lyon sprach, in welchem der Dichter um Gnade bittet für die Stadt, die durch die Belagerung schwer gelitten hat, und für den Dichter, der es wagte, gegen den vom Schicksal bestimmten Retter Roms zu streiten — wie Horaz einst gegen Augustus — und der nun gelobt, die Heldenthaten des Kaisers der Mit- und Nachwelt zu verkünden, wenn er ihm gnädig zulächle. Gibbon nennt dies Gedicht schon deshalb eine Reimerei, weil die Hauptperson unter dem Wuste poetisch sein sollenden Beiwerks nicht genug in den Vordergrund tritt. Und Sidon. überschreitet hier auch wirklich jedes Maass in der Häufung von unnützem und fremdartigem Allerlei. Der poetische Rahmen des Gedichts ist — wie theilweise auch im Pan. Aviti — ein Göttergespräch [2]). Die Darstellung sucht vergebens nach

---

Bei jeder Gelegenheit drängt sich uns der Mangel einer eingehenden Vergleichung der kleinen Chroniken dieser Zeit auf. Deshalb geben wir jene Notiz über den Anon. Cuspin., weil hier jeder Beitrag erwünscht sein muss. Auch die Art und Weise wie Gregor v. Tours dergleichen ältere Aufzeichnungen benutzt, ist noch nicht genügend dargelegt.

[1]) Mit Interesse lesen wir

v. 44:   et ignotum plus notus Nile per ortum.

[2]) Selbst einzelne Schmeichlerwendungen kehren wieder c. 4. praef. Pan. Major. am Schluss:

Res minor ingenio nobis (dem Sidonius im Gegensatz zu Horaz)

                     sed Caesare major

Vincant eloquio dummodo nos domino.

c. 6. praef. pan. Avit. am Schluss.

Orpheus habe die Calliope besungen, er preise den Avitus

Materia est major, si mihi Musa minor.

Kraft durch die Rhetorik der Uebertreibung und nach Fülle
des Ausdrucks durch breite Ausführung von historischen Beispielen und mythologischen Fabeln oder durch das Aufzählen
von Einzelheiten [1]). Dass die Schmeichelei sich zu dem wi-
drigen Satze steigert [2]): „wir freuen uns unserer Leiden, weil
sie die Ursache deines Triumphes sind“, mögen wir übergehen, aber rechten müssen wir mit dem Dichter — da wir
hier seinen Panegyricus als eine historische Quelle betrachten
— dass er den Aetius, dessen Grösse er erkennt, zurück-
setzt, ja verunglimpft, um die Jugendthaten des · Majorian in
ein glänzendes Licht zu stellen [3]). Mag Majorian als vielleicht 20jähriger Jüngling [4]) in Gallien tapfere Thaten voll-
führt haben — die einstimmigen Aeusserungen der besten
Zeugen aus jener Zeit nennen Aetius als den, dessen Tapferkeit und Geschick Westrom vor den Barbaren schützte und
es verschlägt gar nichts, dass Sidon. dem Weibe des Aetius
über den Majorian die Phrase wiederholen lässt, mit der Sidonius einige Jahre zuvor dem Avitus geschmeichelt hatte:
An deinen Thaten, Aetius, hat Majorian stets seinen Antheil,
aber Vieles that er auch ohne Dich [5]). Sind wir auch nicht

Ebenso vergleiche man

c. V, 365 u. c. VII, 302 u. 590, zumal VII, 302 oft als wichtige
historische Nachricht behandelt ist.

Ebenso c. V, 254 u. VII, 232.

1) v. 45. 190. 475.

2) v. 584.

3) Die Intrigue, die Aetius gegen den Bonifacius, Statthalter v.
Africa gesponnen haben soll (cf. Procop.), könnte der Erzählung des
Sidonius, dass auch Majorian von Aetius, der ihn gefürchtet, in die
Verbannung gestürzt sei, glaubhaft machen.

Freilich kann M. auch aus irgend einer beliebigen Ursache den
Hof haben meiden müssen; was Sidonius dann so gewandt hätte, als
habe Aetius ihn gestürzt, aus Furcht, dass er seinem Sohne Gauden-
tius ein beschwerlicher Nebenbuhler sein werde. Die Gelegenheit einer gewandten Schmeichelei war auch gar zu verführerisch.

4) v. 524 nennt Sidonius den Kaiser noch juvenis,

5) c. V, 254 u. c. VII, 232. s. o.

im Stande, die Verbannung des Majorian durch Aetius als
eine Erdichtung nachzuweisen oder überhaupt ein einzelnes
historisches Factum, das Sidonius hier anführt, für erfunden
zu erklären, so ist doch auf der andern Seite nicht zu leug-
nen, dass er die Entwicklung der Dinge in durchaus falschem
Lichte zeigt und von der Persönlichkeit seines Helden ab-
hängig macht. Die Bedeutung der Thatsachen, die Motive
der handelnden Personen schneidet er nach dem Bedürfniss der
Schmeichelei zurecht [1]. Helden und Götter, Orakelsprüche
und Schlachtgemälde füllen die 600 Hexameter und wir erfahren nichts Genaues über die Herrschaft der Nachfolger des
Majorian, über die Zeit des Interregnums nach dem Tode des
Avitus [2] und vor allem über die Lage der Dinge in Gallien
in dieser Zeit, in der doch die Burgunden den Versuch machten, ihre Grenzen auszudehnen und die Westgothen gewiss
auch nicht müssig waren.

Den wirklichen Gang der Ereignisse, der den Majorian
auf den Thron führte, verdeckt Sidonius durchaus (v. 387.),
hätte er ihn einfach dargelegt, so würden wir freilich in dem
Majorian wohl den Mann erkennen, der den ernsten Willen
hat, den Staat zu restauriren und welcher die Gunst der Umstände geschickt benutzend zum Thron emporsteigt [3]; aber

---

[1] So fehlt auch hier nicht der Gedanke, dass Maj. nur ungern
den Thron bestiegen habe. So verstehe ich wenigstens die dunkeln
Verse 9—11.

[2] Aus dieser Zeit meldet Sidonius nur den Kampf gegen die
Vandalen und die Allamannen in Italien. Ueber Gallien bringt er
nur die Andeutung des heftigen Widerstandes.

Marius (bei Du Chesne I. p. 22) meldet zu **456**: Eo anno Bur-
gundiones partem Galliae occupaverant, terrasque cum Galliis Senatoribus diviserunt. (senatoribus steht wohl im Sinne von possessori-
bus, weil fast nur die adligen, senatorischen Familien Grundbesitz
hatten.) Diese Abtretung ist wohl das Kaufgeld, wodurch die Par-
thei die Unterstützung der Burgunden gegen Majorian erlangte.

[3] Man sieht nicht recht ein wie Sidon. den Major. eigentlich
charakterisiren will, namentlich in der trotz manchen Einzelnheiten
dunkeln Erzählung von der Unterdrückung einer Militäremeute v. 485 ff.

nicht, wie wir doch sollen, den vom Schicksal bestimmten
Helden, dem Nichts widerstehen kann, nicht den romantischen
Ritter, der die alten Heroen in jeder körperlichen Geschick-
lichkeit übertrifft, der keine Leidenschaft kennt, als nur, um
des Allgemeinen Besten Willen Mühen und Gefahren zu er-
tragen und der selbst in einer Rede an seine Scythen von
den Fabelwesen griechischer Mythologie schwatzt.

Dennoch ist auch dieser Panegyricus ein wichtiges historisches Zeugniss aus dieser so wichtigen und doch so dunkeln Zeit. Wir lernen, wie heftig der Widerstand der Gallier gegen Majorian war und welche Männer damals vorzüglich Einfluss hatten [1]), wir hören von dem Einfall der Allemannen [2]) in Italien 458 und dem Vordringen der Franken
über den Carbonarischen Wald 448 und freuen uns der le-
bendigen Schilderung dieses Volks, die uns Sidonius v. 238
giebt [3]).

---

[1]) Besonders interessant ist die Beobachtung, wie Sidon. die
Gelegenheit förmlich mit den Haaren herbeizieht, dem Ricimer zu
schmeicheln. v. 267. — Vor allen werden freilich die Begleiter des
Majorian verherrlicht, deren Gunst natürlich dem Sidonius jetzt am
wichtigsten war. Leider lässt v. 533 nicht erkennen, wer der ge-
feierte Magister Milit. und der Praefect v. Gallien sei, cf. Not. Sirm.
Den fernen Kaiser Leo erwähnt S. nur beiläufig.

[2]) v. 375. Nach dem Anon. Cusp. ward Maj. am 1. März 458
Magister Milit. und am 1. April 458 Kaiser. Als Mag. Mil. hat er
durch seinen Legaten Burco 900 Allam., die in den campis caninis
plündern, schlagen lassen.

Gibbon sagt, der Ruhm, den Sidon. dem Major. wegen dieses
Sieges spende, verrathe die äusserste Schwäche Italiens. Allein Sid.
rühmt den Maj. nicht sowohl wegen des Sieges, als weil sein blos-
ser Befehl, die Feinde zu schlagen, zum Siege genüge; aber, wenn
er es auch gethan hätte, wäre Gibbons Folgerung dennoch unzuläs-
sig, weil Sid. eben Alles als ganz ungeheuer, ganz überschwenglich
preist, ganz abgesehen, ob es diese Auszeichnung verdiene oder nicht.
Wir wollen hiermit nur die falsche Benutzung des Sidonius be-
kämpfen, nicht die Thatsache der Schwäche Italiens bestreiten.

[3]) cf. not. Sirm. ad v. 211. Diese Erörterung des Sirmondi über
die Zeit dieses Vordringens ist in der Widerlegung der Gegner ganz

Fast scheint es, als wolle Sidonius den Majorian rechtfertigen, dass er es wage, die Vandalen in Africa aufzusuchen. Mit Hinweis auf historische Analogien zeigt er in einer langen Reihe von Hexametern, dass die Vandalen in Africa schon ganz in Luxus verkommen seien und es erregt unser Lächeln, wenn Rom hier beinahe wie ein urwüchsiges Naturvolk dargestellt wird gegenüber den schwelgerischen Vandalen, die ihre Heere nur aus den umwohnenden Barbaren recrutiren [1]). Recht characteristisch für unsern Autor ist es, dass er den Grund der Noth Galliens, das, wie er sagt, seit dem Anfang des Jahrhunderts eigentlich von Rom getrennt ist, in der Zurücksetzung des Adels sieht (v. 60 u. v. 362) und, fügt er mit mehr Wahrheit hinzu, darin, dass man die Tapferkeit nicht ehre, sondern mit Neid verfolge. Uebrigens legt der künftige Heilige seiner Darstellung die streng fatalistische Anschauungsweise des Alterthums zu Grunde [2]).

Während wir in diesem Panegyricus nur immer von dem fatum hören, das seinen auserwählten Helden zum Throne

---

schlagend, und wenn die Jahreszahl auch nur Conjectur ist, so ist das Ereigniss — die Schlacht bei Atrebate — doch sicher in diese Zeit zu legen. Am Ende des Jahrh. findet der heil. Vedastus in Atrebate die christl. Kirche zerfallen und die Bevölkerung ganz heidnisch. Man sieht wie gründlich die Franken diese Gegenden germanisirten. vita Vedasti 6. Febr. cf. P. Roth. Gesch. d. Benefic. II, 1.

[1]) Von grossem Interesse würde die Nachricht sein, dass Maj. zuerst wieder gewagt habe, was kein Kaiser seit Menschengedenken, die Völker an der untern Donau aufzubieten. Doch giebt uns Sidonius hier nichts als eine Aufzählung von 18 Völkernamen, unter denen auch der fabelhafte Name Procrustes begegnet.

c. VII, 590 lässt Sid. den Avitus Pannonien unterwerfen, dann hätte Major. hier kein grosses Verdienst. Wahrscheinlich wird der Einfluss Ostroms hierbei überwiegend gewesen sein.

Wir müssen uns aber hüten, alle jene Völker in Pannonien siedeln zu lassen, von vielen derselben fanden sich in Pannonien wohl höchstens kleine versprengte Haufen, wie dgl. überall begegnen.

[2]) cf. v. 312. Genau genommen heisst dies: Auch Maj. hätte Rom's Erstürmung nicht hindern können, deshalb liess ihn das fatum erst später Kaiser werden.

führt, lässt der Panegyricus Anthemii [1] die politische Constellation deutlicher erkennen, welche den Sohn Constantinopels zum weströmischen Imperator machte. Auch ihn hat freilich das Fatum von vorn herein zum Kaiser auserkoren, und zahlreiche Prodigien haben bei seiner Geburt die künftige Grösse verkündet, auch er ist ganz wie Majorian und Avitus nicht im mindesten begierig auf den Thron, auch bei seiner Wahl sind alle Stände einig, auch er darf stolz darauf sein, den Thron nicht seiner Geburt, sondern seinen Vorzügen zu danken — aber die blumenreiche Rede des Dichters lässt doch folgenden, richtigen Zusammenhang der Dinge erkennen: Ricimer konnte, vorzüglich aus Mangel einer Flotte, Italien gegen die Vandalen nicht vertheidigen und suchte Hilfe bei Ostrom. Das Resultat der Verhandlungen ist: dass der Kaiser Leo den Anthemius, den Schwiegersohn seines Vorgängers auf den weströmischen Thron erhebt und der Sueve Ricimer die Tochter des Anthemius zur Gemahlin erhält.

Nicht, dass Sidonius etwa wahrheitsliebender geworden wäre, denn der Fälschungen begegnen genug, sondern nur so gewann er die Anknüpfungspunkte, um dem Ricimer und Leo gehörig zu schmeicheln. Es ist nun interessant zu sehen, wie Sidonius dabei verfährt. Den Anthemius zu verherrlichen, schildert er zunächst seine gewaltige Vaterstadt Constantinopel, deren weite Mauern die sich drängenden Menschen nicht fasst, welche Steinmassen ins Meer wälzen und da Paläste gründen, wo ehedem die Wellen muthwillig spielten. Hier lebten des Anthemius glorreiche Ahnen, „deren Ruhm selbst Orpheus nur stammeln könnte". Bei der Geburt des künftigen Kaisers verkünden zahlreiche Prodigien seine einstige Herrlichkeit [2] und als Knabe schon spielt er mit den Waffen, die sein Vater von den Persern erbeutet. Er

---

[1] Der Panegyr. ist am 1. Jan. 468 gesprochen. s. not. Sirm.

[2] Der künftige Heilige singt v. 314:

venisse beatos

sic loquitur natura Deos.

wächst heran unter dem sorgfältigsten Unterricht und lernt Alles, was die Weisen Roms und Griechenlands über den Zusammenhang der Welt gedacht und über die Geschicke der Welt aufgezeichnet haben und daneben tummelt er sich rüstig in den Wäldern und erlegt mit sicherem Pfeil das Wild.

Als Jüngling vermählt er sich mit der Tochter des Kaisers Marcian, doch nicht, um müssig im Luxus der Residenz zu schwelgen, sondern um sofort im Lager an der Donau seine kriegerische Laufbahn zu beginnen. Hier scheint Alles friedlich hergegangen zu sein, denn Sidonius rühmt nur, dass Anthemius über weite Legionen herrsche. Nach seiner Rück-kehr in die Hauptstadt durchläuft Anthemius schnell die höch-sten Würden und wird dann mit einem Heere gegen die Ost-gothen gesandt, die Illyrien verwüsten. Er naht und die Räuber weichen, „die Beutemacher fallen dem Kaisersohn zur Beute“, doch will Sidonius bei diesem Sieg über blosse Räu-ber nicht lange verweilen, sondern zu den Triumphen über-gehen, die Anthemius über einen wirklichen Gegner errang. Er vernichtet nämlich, trotz des verrätherischen Abfalls eines Bundesgenossen, die Hunnen, welche unter Hormidac Serdica in Dacien besetzt haben. „Selbst des Mettus Fuffetius Ruhm muss hier verschwinden.“

Was diesen Hunnenkrieg betrifft, so sind wir über ihn nicht näher unterrichtet [1]; jedenfalls handelte es sich nur um eine nicht bedeutende Schaar des seit Attila's Tod zer-sprengten Volks; desto besser aber über jenen Zug gegen die Gothen [2], über den Sidonius mit einer so eigenthümlichen Entsagung hinweggeht, dass wir schon daraus deutlich sehen, dass Anthemius hier eben keine grosse Lorbeeren geerndtet. Diese verächtlichen Feinde, diese Beutemacher, die so schnell eine Beute des Kaisersohnes wurden [3], dass der Schmeichler

---

[1] Jord. berichtet aus dieser Zeit ziemlich ausführlich über die Kämpfe der einzelnen Abtheilungen der Hunnen; den Hormidac kennt er nicht.

[2] Jord. c. 52.

[3] Diese Schmeichlerwendung kehrt wieder c. V, 397.

ihn des leichten Sieges wegen über solch Gesindel kaum zu rühmen
wagt, sind nämlich die Ostgothen unter ihren Königen Valemir,
Theodemir und Videmir, welche in Illyrien einbrachen (circ.
4⁵⁶/₅₇), weil der Kaiser Marcian ihnen die jährlichen Geschenke
nicht regelmässig zahlte und welche den Leo wirklich zwangen
den Tribut — denn etwas anderes ist es im Grunde nicht —
pünktlich zu entrichten; wogegen sie allerdings versprachen
Friede zu halten und den 8jährigen Sohn des Theodemir,
Theoderich, als Unterpfand der Treue nach Constantinopel
sandten. Mag Anthemius immerhin in einem einzelnen Scharmützel gesiegt haben — ohne einen solchen Anhaltspunkt
hätte Sidonius wohl den ganzen Feldzug unerwähnt gelassen
— so bleibt doch die ganze Darstellung des Sidonius geradezu eine Fälschung und ein redendes Zeugniss, von der Art,
wie er historische Ereignisse behandelt.

Wir wollen nicht näher fragen, ob Anthemius es wirklich so neidlos ertrug, dass er, der Schwiegersohn des Marcian, nicht auch sein Nachfolger ward [1]), aber die wahrhaft
komische Art und Weise mit der Sidonius dem Ricimer einen
Ruhmeskranz aus seinem Unvermögen windet, aus eben der
Hilflosigkeit, die ihn zwang, von Ostrom sich einen Herren
geben zu lassen, müssen wir darlegen. Nach Sidonius [2]) steht
Ricimer allerdings an der Spitze einer unbesiegten Armee, er
sucht die Vandalen auf, die bald da bald dort an der Küste
Italiens landen und mit Raub beladen sich auf ihre Schiffe zu-
rückziehen — aber der flüchtige Feind weicht der Schlacht
meistens aus und will doch keinen Frieden schliessen, weil
— ja, weil der Grossvater des Ricimer, Wallia, vor 40 Jahren ein Heer Vandalen in Spanien aufs Haupt schlug und
weil Ricimer selbst einen plündernden Haufen derselben bei
Agrigent vernichtete. Mit dem gehassten Ricimer schliesst
der Vandale nimmer Friede, deshalb braucht Rom einen Kaiser der in besserem Renomme steht. — Sidonius kritisirt

---

1) v. 210 ff. 211 ist sehr dunkel, wie dgl. Stellen gewöhnlich.
2) v. 352 ff.

diese lächerliche Schmeichelei, welche die Unfähigkeit Ricimers, Italien vor den Vandalen zu schützen, aus seiner Tapferkeit herleitet, selbst hinlänglich, indem er weiter unten sagt, wir brauchen einen Kaiser, der aber selbst ins Feld zieht und vor Allem eine Flotte schafft [1]).

Aehnlich ist es, wenn Ricimers gefürchteter Name die Ostgothen abhält [2]), in Italien einzufallen und es den Galliern möglich macht, die Deutschen im Zaume zu halten. Sollte jenes vielleicht richtig sein, so ist dieses so falsch, dass wenigstens bis 465 in Gallien nur der erbitterte Feind des Ricimer, Aegidius, der noch in seinem letzten Lebensjahre mit den Vandalen Verhandlungen gepflogen hatte, die Eroberungen der Westgothen aufhielt [3]).

Interessant für die Lage der Dinge ist die Bemerkung, dass Sidonius nicht recht weiss, wem er nächst dem Oberkaiser [4]) Leo mehr schmeicheln soll, dem Kaiser oder seinem Feldherrn. So lässt er Roma die Göttin des Ostens [5]) bitten, sie möge ihr nicht nur den Anthemius zum Kaiser geben, sondern auch dem Anthemius das Glück gewähren, den Ricimer zum Schwiegersohn zu gewinnen. Sei doch Ricimer

---

[1]) v. 385. 505.

[2]) v. 377 f. Der Ausdruck ist so dunkel, dass wir weder erkennen, ob die Ostgothen damals Noricum inne hatten — was jedoch aus Jord. c. 53 hervorzugehen scheint — noch auch welche Verwicklungen zwischen Römern und Germanen Sidon. im Auge hat. Im Allgemeinen haben wir jedenfalls den Sinn des Sidon. erfasst.

[3]) Aegidius † 465. cf. Idat. ad h. a. Nach seinem Tode fallen die Gothen in die Lande ein, quas romano nomine tuebatur, wer ihnen entgegentrat, berichtet Idat. nicht, wahrscheinlich hemmte die Ermordung Theodor. II. diese Unternehmungen, da wir nichts weiter davon hören bis zu den Angriffen Eurichs.

[4]) Diese Bezeichnung ist nur eine der factischen Verhältnisse wegen gewählte.

[5]) Auch dieser Panegyricus ist in der Form eines Göttergesprächs. ep. I, 9 heisst es von 2 Senatoren am Hofe des Anth. hi in amplissimo ordine, seposita praerogativa partis armatae, facile post purpuratum principem principes erant. Man erkennt das Säbelregiment.

an Adel der Kaisertochter ebenbürtig als Spross einer königlichen Familie (v. 485). Wenn die Göttin auch dies gewährt, dann kann Africa auf Befreiung hoffen [1]). Hier und an einigen anderen Stellen blickt die Noth der Zeit düster durch die Phrasen des Schmeichlers, und dies namentlich macht uns sein Gedicht zu einem werthvollen historischen Zeugniss, zumal in demselben auch manche wichtige Nachricht enthalten ist, unter denen wir vorzugsweise die Schilderung der Hunnen bemerken (v. 243 ff) [2]). Sie deckt sich mit den Zügen die Priscus beim Jordanis giebt, ist aber weit reichhaltiger und vollständiger. Hier hatte Sidonius einen gegebenen, begrenzten Stoff, der ihm hinlänglich bekannt war und den er nun eingehend und mit Vergnügen ausmalt. Er verschmäht es hier sogar durch antike Analogien seinen Stoff ins Breite zu ziehen, selbst da wo ihm die berühmte Schilderung des Odysseus — der grösser erscheint, wenn er sitzt — vor das Gedächtniss treten musste. Wenn wir von den Siegen absehen, welche die Ahnen des Anthemius über die Perser erfochten haben sollen, Ereignisse, denen unser Autor fern steht, so haben wir nur noch die Art und Weise ins Auge zu fassen, in der er von den Vorgängern des Anthemius spricht. Er lässt die Göttin Roma von Ostrom einen Kaiser erbitten, weil das Fatum nicht habe dulden wollen, dass ein dem Westen entsprossener Mann das Schiff des römischen Staates glücklich leite. Indem er die vergeblichen Anstrengungen, den kläglichen Untergang der Avitus, Majorian etc. aus einer wunderbaren Vorliebe des unentfliehbaren Schicksals für gewisse Personen herleitet, erreicht er einen doppelten Zweck. Einmal verdeckt er die Hilflosigkeit Westroms, das sich von Byzanz einen Herrscher setzen lassen musste, mit dem Mantel

---

[1]) Das heisst so viel, als, wenn man den Ricimer nicht bei guter Laune zu erhalten weiss, so ist der Staat machtlos.

[2]) Bei Fertig I, 17 ist die Stelle übersetzt.
Sidon. hatte ja Gelegenheit dieses Volk, aus dem namentlich Aetius seine Heere recrutirte, kennen zu lernen.

der Mystik, ohne doch Leo zu verletzen und zugleich befreit
er sich von der Unannehmlichkeit, von dem Unglück der Personen zu sprechen, die er vor wenig Jahren als die Lieblinge
des Schicksals, als Träger jeder Tugend gepriesen hatte und
die von demselben Ricimer gestürzt waren, den Sidonius verherrlichen muss. Auffällig ist hierbei aber noch, dass er
ausdrücklich betont, der Kaiser Severus sei eines natürlichen
Todes gestorben [1]). Wollte der Schmeichler so den Ricimer
von einem gerechten Vorwurf reinigen oder sagt er die Wahrheit? Wir können es nicht entscheiden, da die Berichte der
Chroniken auseinandergehen [2]) — aber als historisches Zeugniss dürfen wir jene Stelle des Sidonius nicht verwerthen.
Zum Schluss verkündet der Dichter, beim Antritt des 3ten
Consulats des Anthemius und des 2ten des Ricimer werde er
die Thaten besingen, welche sie mit ihrer mächtigen Flotte
in kurzer Zeit gegen die Vandalen vollführen würden. Doch
— das Unternehmen ist gescheitert, und wie seine Vorgän-
ger fiel auch Anthemius durch den übermächtigen Ricimer [3]),
der noch einige seiner Creaturen auf den Thron hob, während Gallien an die Westgothen verloren ging. Da verliess
auch Sidonius das führerlose Schiff des römischen Staats und
fand als Bischof von Clermont eine bedeutende Stellung, die
sicherer zu sein verhiess, als die Gunstbezeugungen von Kai-
sern, die vor dem eigenen Feldherr sich nicht schützen konn-
ten. Als aber der siegreiche Westgothe seine Herrschaft bis

---

[1]) v. 317.

[2]) Idat.: a. 466. Reversi legati Suevorum obiisse nuntiant Seve-
rum imperii sui anno quarto. Der Anon. Cusp. ist unbestimmt im
Ausdruck.

Sirmondi citirt einen alten Kaiserkatalog, dessen Abfassung er
in die Zeit Justinians legt: Severus Romae imperavit annis IV ibique
religiose vivens decessit.

Cassiodor. Chronic. sagt dagegen, Severus sei durch Ricimer ermordet.

[3]) cf. ep. II, 2 welcher Brief in der Zeit der gänzlichen Schwäche
des Anthemius geschrieben ist.

zur Rhône und Loire ausdehnte, ward Sidonius seines Amtes, seiner Güter und seiner Freiheit beraubt. Aus der Gefangenschaft entlassen, suchte er am Hofe Eurichs zu Bordeaux auch seinen Besitz und seine Würde wieder zu gewinnen. Nachdem er hier zwei lange Monate vergebens auf eine günstige Entscheidung gehofft hatte, nachdem er in der ganzen Zeit nur einmal zur Audienz zugelassen war, übersandte er seinem Freunde Lampridius, der seine Güter schon zurückerhalten hatte und als Hofdichter in Gunst stand, ein Lobgedicht auf Eurich, unstreitig in der stillen Voraussetzung, dass dieser es geeigneten Orts vortragen oder doch seinen Inhalt bekannt machen werde [1]). In dem Begleitschreiben sagt er, dass er gezwungen sei, dem Lampridius ein Gedicht zuzusenden als Gegengabe für ihm gewidmete Verse [2]); so dass es den Anschein gewinnt, als spende er seine Schmeicheleien gar nicht in der Absicht, dass Eurich Etwas davon zu Ohren komme. Sidonius schildert, wie die Franken, Sachsen, Burganden, Heruler und Hunnen sich vor Eurich beugen, wie Ostgothen in seinem Schutze stehen, wie selbst Ost- und West-Rom von ihm Hilfe hoffen gegen die wilden Barbaren.

Wir sind berechtigt auch hier Uebertreibungen zu vermuthen, selbst wo wir sie nicht auf das richtige Maass zuzückführen können. Dass aber Sidonius nicht alles aus der Luft gegriffen hat, zeigen die Nachrichten des Jordanis c. 56, wo uns erzählt wird, dass ein Theil der Ostgothen unter Videmir circ. $472/73$ sich mit den Westgothen vereinigt habe und dass die Burgunden von Eurich unterworfen

---

1) Du darfst unsere jetzigen Arbeiten nicht mit einander vergleichen, denn ago adhuc exulem, agis ipse jam civem et ob hoc inaequalia cano, quia similia posco et paria non impetro.

ep. VIII, 9. p. 127: Necdum enim quicquam de hereditate socruali .. obtinui, mit dem unverständlichen, verderbten Zusatz: vel in usum tertiae sub pretio medietatis, der jedoch auf eine Dritteltheilung des Grundbesitzes in den eroberten Landen hinzuweisen scheint.

2) ep. VIII, 9 aliquos versuum meorum versibus poscis.

seien (c. 47). — Wir wissen auch aus ep. VIII, 6, dass Eurich eine Flotte gegen die Sachsen kreuzen liess, um sein Land vor ihren grausamen Landungen zu schützen, bei denen sie den zehnten Gefangenen ihren blutigen Göttern zu opfern pflegten. Am meisten würde uns die Nachricht interessiren, dass ein greiser Sicamberkönig besiegt am Hofe zu Bordeaux weilt und den alten Schmuck seines Hauptes, der ihm abgeschnitten ist, wieder wachsen lässt; jedoch weder Marius noch Gregor noch eine andere Chronik berichtet von einer Unterwerfung der Franken, wie ihre Nachrichten für diese Zeit überhaupt ganz unglaublich spärlich sind. Wir haben gesehen, dass Sidonius oft das kleinste Scharmützel zu einem folgenschweren Siege macht, und wir müssen wohl glauben, dass in den Kämpfen, von denen Gregor II, 18 [2]) unverständliche, zusammenhangslose Nachrichten giebt, ein Frankenfürst gefangen genommen ist und dass Sidonius nur

---

[1]) Auch ep. VIII, 3, wo Sidon. von demselben Ereigniss handelt, lässt uns nichts Sicheres entnehmen, da wir den Ausdruck des Sidonius in keiner Weise pressen dürfen. Es heisst (Eurich) de superiore cum barbaris ad Vachalim trementibus foedus victor innodat. Wir dürfen dies nur: Eurich siegte über die Franken und dictirten die Bedingungen des Friedens« übersetzen, nicht auf ein staatsrechtliches Verhältniss der Franken zu den Gothen deuten.

[2]) vgl. über diese Stelle W. Junghans kritische Untersuchung zur Geschichte der fränk. Könige Childerich u. Chlodowech. Gött. 1856. p. 13 ff., der, so weit es möglich war, Klarheit in dieses Kapitel des Gregor gebracht hat. Doch möchten wir hier einen Irrthum der trefflichen Abhandlung berichtigen, welche p. 17 Greg. II, 23 Interea cum jam terror Francorum resonaret in his partibus et omnes eos amore desiderabili cuperent regnare auf die Zeit Childerichs bezieht, während doch Gregor erzählt, dass damals der Bischof Aprunculus von Langres nach Arvern (Clermont) floh, wo vor Kurzem der Bischof Sidonius gestorben war, und hier Bischof ward. Sidonius lebte jedenfalls über 484 hinaus, cf. p. 21 not. 6, wahrscheinlich starb er erst 487, so dass unzweifelhaft ist, dass jene Stelle des Gregor auf Chlodowech, nicht auf Childerich Bezug hat. Hiermit fallen natürlich auch die Schlüsse, welche Sybel, Königthum p. 18^{1}/$_{82}$ aus jener Stelle zieht.

durch die Eigenthümlichkeit seines Ausdrucks uns mehr vermuthen lässt [1]). Dass aber auch die Heruler sich vor Eurich beugen, ist von Sidonius wohl bloss um des Umstandes Willen gesagt, dass auch Heruler im gothischen Heere kämpften, im gothischen Reiche lebten, wie dgl. Versprengte aller germanischen Stämme überall da begegnen, wo eine festere Staatsbildung gegründet ist. Noch abentheuerlicher erscheint die Phrase, welche Ostrom von Eurich Hilfe gegen die Perser erwarten lässt, und wenn auch manche Römer wünschen mochten, dass Eurich seine Herrschaft auch auf Italien ausdehnen möchte und dem unerträglichen Soldatenregiment ein Ende bereite, so ist diese ganze Stelle des Sidonius v. 38—50 doch nur eine Schmeichelei, die für uns weiter keinen positiven Werth hat.

Im Ganzen aber ist dieses Gedicht zusammen mit den Briefen ein willkommenes Zeugniss von dem Glanze des westgothischen Reiches unter Eurich, über das uns leider so gar spärliche Nachrichten überliefert sind.

Fassen wir unser Urtheil zusammen, so sind die Werke des Sidonius ein äusserst werthvoller Beitrag zur Geschichte jener Uebergangsperiode der alten in die neue Welt. Allerdings verfolgt Sidonius mit seinen Schriften nur einen belletristischen Zweck und giebt wenig Acht auf genaue sachgemässe Darstellung, ja er fälscht sogar absichtlich die Erzählung wo nur immer die Schmeichelei dieses erheischt, er schreibt den Ruhm einer That denen zu, die nur einen un-

----

[1]) Hic tonso occipiti, senex Sicamber
     Postquam victus es, elicis retrorsum
     Cervicem ad veterem, novos capillos.
Man ist leicht verleitet in dem Fürsten das Volk zu sehen und hieraus auf eine Unterwerfung fränkischer Stämme zu schliessen. Eben so wird carm. XIII, 29 der detonsus Sicamber eingeführt als Zeichen der Unterwerfung der Franken.

tergeordneten Antheil daran haben, er stellt Niederlagen als Siege, unentschiedene Treffen als entscheidende Triumphe dar, er verdeckt den Gang der Ereignisse, um die Schwächen derer zu verwischen, die er verherrlichen will. Dagegen giebt uns die Kenntniss seines Lebens zahlreiche Anhaltpunkte, um die Stellung zu beurtheilen, welche er zu den Ereignissen einnahm, und die Kenntniss seiner Schreibart, seiner übertreibenden Rhetorik, seines Haschens nach glänzenden Antithesen, erleichtern es uns häufig seine Darstellung auf das richtige Maass zurückzuführen. Bei einer vorsichtigen, auf die Kenntniss seiner ganzen Art und Weise gestützten Benutzung wird Sidonius deshalb nicht leicht Veranlassung geben zu irrigen Behauptungen, zur Einführung falscher Nachrichten und uns ein an vielen detaillirten Zügen reiches Bild des damaligen Gallien bieten. Hatte er doch die genaueste Bekanntschaft mit Rom und den Reichen der Gothen und Burgunden, mit der Kirche und mit den Bestrebungen, welche die letzten Regungen des antiken Geistes lebendig erhalten, die Reste der antiken Cultur den Nachkommen überliefern wollten. Und wenn er auch weder poetische Erfindungsgabe noch ästhetisches Urtheil besass, so verstand er doch, einen gegebenen, abgegrenzten Stoff anschaulich zu behandeln — eine Gabe, die sich namentlich in den Schilderungen der Sachsen, Franken, Hunnen etc. zeigt. Das Leben der vornehmen Gallier auf ihren verschwenderisch ausgestatteten Landgütern, das Treiben der Gelehrten, die kirchlichen Zustände, die Verhältnisse der abhängigen Bevölkerung Galliens, die Sitten der Germanen, ihr Flötenspiel und ihre kriegerische Wuth, ihre barbarische Tracht und die Hinneigung Einzelner zu der antiken Cultur, die Stellung der Römer und der katholischen Kirche in den Reichen der arianischen Barbaren und des Gothenkönigs zu West-Rom — all dieses zeigen uns die Schriften des Sidonius bald in ausführlichem Bilde, bald wenigstens in kürzern Angaben und Andeutungen — die um so wichtiger sind, je dürftigere Ausbeute die mageren Chroniken bieten. Hierzu finden sich noch einzelne

Nachrichten von historischen Ereignissen in seinen Werken zerstreut, von denen einige nur so auf uns gekommen sind.

Dann aber sind Sidonius und seine Werke selbst ein redendes Zeugniss aus jener Zeit des Uebergangs, der Um- und Neubildung. Wenn diese den gänzlichen Verfall der Litteratur bekunden, die nur noch von den mühsamen Anstrengungen der Gelehrten getragen ward — so steht Sidonius mit seinem ganzen Wesen so recht auf der Markscheide der alten und neuen Welt. Von Confession ein Christ und zuletzt der Bürger eines germanischen Staats, hängt sein Herz an den Erinnerungen des alten Rom, ist seine Weltanschauung beherrscht von antiken Vorstellungen, wünscht er mit schmerzlicher Sehnsucht den Geist des Alterthums zurück. Sidonius vereinigte in sich die beiden grossen Culturbewegungen, aber nur äusserlich und zwar von dem Boden des Alterthums aus, in dem er durch seine Stellung genöthigt ward, sich an der christlichen Litteratur, an dem christlichen Leben zu betheiligen; während sein Nachahmer Ruricius, sein jüngerer Zeitgenosse, der ihm in dieser vermittelnden Stellung gleicht, dessen Briefe aber bei weitem unbedeutender sind, mehr dem Christenthume zuneigt.

Doch obwohl Sidonius in den Germanen nicht das Volk der Zukunft erkannte, obwohl er lieber für die Fortpflanzung und Entfaltung römischer Cultur und römischer Sprache kämpfte, als für die tiefere Erfassung und weitere Verbreitung des Christenthums: so konnte doch auch er sich dem Anblick der zusammenbrechenden alten Welt nicht verschliessen. In dem Gefühl, dass er unter Ruinen wandele, ruft er schmerzvoll aus: den vergangenen Geschlechtern gab der Lenker der Welten die Kraft der Jugend, die Fähigkeit für Wissenschaft und Kunst; jetzt ist der Saame verdorrt und selten nur treibt er noch einen frischen, kräftigen Spross."

Es ist wehmüthig zu sehen, wie auch edle Naturen dem allgemeinen Verderben nicht widerstehen. Die Zeit ist erschöpft, sie hat ihren sittlichen Gehalt verloren und auch dem Sidonius ist fast nichts geblieben, als der äussere Mantel formeller Bildung, der die Blössen seiner geistigen Armuth schlecht verdeckt und neben allerlei kleinlichen Neigungen nur das Streben nach einem schlecht verstandenen Ziele und die Unruhe und Unsicherheit, die aus einer entsetzlichen innerlichen Leere entspringt.

Die Personen und Vorstellungen der Bibel sind ihm ebenso zur Phrase geworden, wie die Gestalten und Sagen der alten Mythologie — und wenn er in den letzten Jahren sich vielleicht dem Christenthume näherte, so ergriff ihn doch nur die Angst vor der Hölle; und keine Andeutung weist darauf hin, dass er sich ihm wirklich hingegeben und in demselben neue sittliche Kraft, Ruhe und Befriedigung gefunden hätte.

Und ebenso als Gelehrter. Er fürchtet zwar die Nacht der Barbarei, er blickt sehnsuchtsvoll zurück zu den grossen Geistern einer vergangenen Welt; aber, seine wissenschaftliche Thätigkeit geht nicht auf das Erforschen der Wahrheit, sondern auf die Bewahrung des überlieferten Apparates von Worten und Wendungen und vor Allem auf die Vergrösserung des eignen Ruhms.

Der Staat endlich — das römische Reich — galt ihm zwar als der eigentliche Träger der Cultur gegenüber den rohen Barbaren — aber bei seinem Untergang bedauert Sidonius vorzüglich, dass der Adel nun nicht länger sich mit den stolzen Titeln der kaiserlichen Beamten schmücken könne.

So tritt auf allen Gebieten des öffentlichen Lebens der Mangel an sittlichem Gehalt, an sittlichen Zielen und Aufgaben hervor, und wir müssen den Menschen begleiten in die kleinen Verhältnisse des täglichen Lebens und sehen, wie er sich des Schönen freut, das der Augenblick ihm bietet, wie er ankämpft gegen eine gemeine Regung des Herzens, wie er eifrig und gern für die sorgt, die ihm nahe stehen oder die sonst im Unglück seine Hülfe anrufen; — um uns nicht abzuwenden von einem Geschlecht, das sonst nur unser Mitleid, ja unseren Spott und unsere Verachtung herausfordert.